Embellissemens de la Place Louis XVI.

RÉPONSE

DE

M. LUSSON,

Architecte du Gouvernement,

AU MÉMOIRE DE M. DESTOUCHES,

ARCHITECTE DU GOUVERNEMENT.

(2)

A

M. LE PRÉFET DE LA SEINE,

ET

à MM. les Membres du Conseil Municipal

DE LA VILLE DE PARIS.

Messieurs,

L'ÉTUDE des arts, le sentiment de la gloire exaltent quelquefois l'ame et rendent les passions plus vives et plus profondes, il en résulte que trop souvent les artistes regardent leurs émules comme des ennemis. Je puis dire que j'ai su échapper à ce malheur trop commun; j'ai toujours regardé les artistes comme des guides, des amis ou des frères, selon que leur position sociale ou leurs talens me permettaient de leur donner un de ces titres; je puis particulièrement avancer que loin d'avoir jamais été le détracteur de M. Destouches, j'ai saisi au contraire toutes les occasions de rendre hommage à ses talens et d'applaudir à ses succès.

Un programme offert à l'émulation des Architectes et dont le but était d'embellir la place Louis XVI nous a fait entrer dans la même lice, la lutte nous a rendus rivaux : tant que nos deux modèles en relief ont été soumis à la décision de l'Autorité compétente, aucune plainte ne s'est fait entendre; mon projet a été adopté. Les suites de cette préférence vont se développer d'elles-mêmes.

La *Gazette des Écoles*, dans sa feuille du 21 mars dernier, s'exprime ainsi :

On se rappelle que le Domaine royal a cédé la place Louis XVI à la Ville de Paris, sous la condition qu'elle y ferait des embellissemens. Pour les projets et plans, la Ville a appelé dix Architectes en concours. Après l'exposition publique qui eut lieu dans le temps, une Commission composée de Membres du Conseil municipal et d'Architectes désignés par le Préfet a adopté pour la disposition générale le plan de M. Destouches, et pour les fontaines celui de M. Lusson ; elle a décidé en outre que M. Destouches ferait un modèle en relief de son projet, sur lequel M. Lusson placerait le modèle de ses fontaines : il paraît que M. Destouches a rempli sa tâche, mais que M. Lusson, au lieu de s'acquitter de la sienne, comme cela lui avait été prescrit, a fait un nouveau plan qui comprend tout l'ensemble de la place, et dans lequel il a mis tout naturellement à profit les idées de son confrère, en sorte que ce travail diffère essentiellement de celui qu'il avait d'abord présenté au concours : quelle n'a donc pas été la surprise de M. Destouches lorsqu'il a vu accueillir ce nouveau projet, et surtout lorsque après une exposition, qui cette fois n'a pas été publique, le Conseil municipal a jugé, en l'absence d'Architectes, que le projet de M. Lusson valait mieux que celui de M. Destouches, et que ce serait lui qu'on exécuterait !

M. Destouches, après s'être soumis de bonne foi à toutes les chances d'un concours, est donc menacé de perdre la récompense de ses travaux, celle de voir son projet mis à exécution ou de l'être sous le nom d'un autre.

Nous espérons que, dans l'intérêt des embellissemens de la place Louis XVI comme dans celui de la justice, M. le Préfet se fera éclairer par des hommes de l'art avant de confirmer une décision prise au mépris de la chose jugée, et qui viole si ouvertement les règles les plus ordinaires des concours.

L'*Universel*, dans son journal du 27 du même mois, reproduit dans tout son contenu cet article de la *Gazette des Écoles;* mais je dois des remercîmens à son rédacteur pour la note généreuse qui l'accompagne, et dont voici le texte :

Nous n'avons pas les renseignemens nécessaires pour apprécier l'exactitude des faits qu'on vient de lire; mais si le Conseil municipal de Paris a cru devoir prendre une décision favorable au projet de M. Lusson, l'équité bien connue du Conseil et de M. le Préfet de la Seine ne permet pas de douter que l'exécution de ce projet ne soit confiée à ceux qui en sont les auteurs.

Dans cet état de choses, M. Destouches a cru sentir le besoin de se mettre en scène; il a publié un Mémoire, sous la date du 1er. avril, et il l'a adressé à M. le Préfet et à MM. les Membres du Conseil général du département de la Seine. En voici l'analyse succincte :

C'est M. Destouches qui parle lui-même :

J'espérais qu'avant l'examen du Conseil municipal, la Commission qui avait été chargée primitivement du choix des projets serait appelée à reconnaître si ceux qu'elle avait préférés, l'un pour son plan général, l'autre pour la fontaine principale, avaient été étudiés conformément à ses intentions. Je regrette beaucoup de n'avoir pas été admis à la séance de cette Commission, j'étais en mesure de donner toutes les explications nécessaires sur mon projet, dont j'avais combiné le modèle avec des pièces de rechange pour le modifier dans sa décoration.

Quoi qu'il en soit, je m'estime heureux que le rapprochement qui a été fait du projet primitif de M. Lusson avec son relief ait permis de reconnaître qu'il n'existait aucune conformité entre eux ; qu'au contraire il avait imité dans son modèle presque toutes les idées principales du mien.

Cependant, j'appris que le Conseil municipal préférait le projet de M. Lusson au mien ; que, néanmoins, comme on avait reconnu que ce projet était le résultat du concours de nos idées, on avait jugé convenable que nous fussions ensemble chargés des travaux de la place.

Il serait bien difficile, Messieurs, que deux Architectes nommés pour ces travaux pussent s'entendre, à moins que la part confiée à chacun d'eux fût bien déterminée : or, d'après l'intention de la Commission d'examen des projets, je devais être appelé à l'exécution de la disposition générale de la place et M. Lusson à celle de ses fontaines : de cette manière, il n'y aurait entre nous aucun débat, chacun exécuterait ses idées et travaillerait pour sa réputation.

Pour que nous pussions être chargés des mêmes travaux, il faudrait que le projet qui sera exécuté fût le résultat d'une intime combinaison de nos idées ; mais il n'en peut être ainsi, puisque je crois devoir me plaindre de la conduite de M. Lusson, lequel, dans l'exécution d'un modèle qui ne lui était pas demandé, au lieu de suivre son projet de concours, n'a pas craint d'emprunter au mien ce qui lui convenait.

Voilà une déclaration de guerre et des assertions dont je suis loin de reconnaître la vérité, et dont il n'avait pas d'ailleurs dépendu de moi de prévenir les suites. Les journaux sont alors revenus à la charge.

Le 4 avril, *le Temps* s'est ainsi exprimé dans sa feuille du même jour :

La Commission chargée, au mois de juillet dernier, de juger le concours ouvert pour les embellissemens de la place Louis XVI, ayant distingué le projet d'ensemble de M. Destouches et le projet des fontaines de M. Lusson, avait jugé qu'il fallait placer les fontaines de M. Lusson sur le plan de M. Destouches. Des modèles en relief ont été exécutés, et M. Lusson, abandonnant entièrement les dispositions d'ensemble qu'il avait présentées au concours, en a proposé d'autres, qui sont une simple modification des premières idées de son concurrent; la Commission a adopté définitivement le projet de M. Destouches, amélioré par M. Lusson, et ces deux Architectes dirigeront conjointement les travaux. Nous souhaitons que la conformité qui existe entre les projets de ces deux Artistes se reproduise dans leurs vues d'administration.

Le même article a été inséré dans la *Quotidienne* du lundi, 5 avril.

Le *Drapeau blanc*, dans sa feuille du même jour, a inséré la note suivante :

M. Destouches, architecte, a été adjoint à M. Lusson pour l'exécution des travaux de la place Louis XVI, la Commission d'examen avait adopté son projet.

Enfin, M. Destouches a fait insérer le même jour, dans l'*Universel*, la lettre ci-jointe :

Monsieur,

Dans votre numéro du 2 avril, j'ai lu avec surprise, à l'article concernant les embellissemens de la place Louis XVI, que M. Lusson est seul désigné pour en être l'Architecte.

Permettez-moi de rectifier cette erreur; je faisais partie des Architectes appelés au Concours des embellissemens de la place Louis XVI: mon projet fut celui qu'adopta la Commission d'examen; depuis, M. Lusson a présenté un deuxième projet qu'il avait imité du mien; M. le Préfet et le Conseil municipal, ayant cru reconnaître dans le projet de ce dernier le concours de nos idées, ont jugé convenable de nous charger conjointement de l'exécution des travaux; je me résignerai, s'il le faut, à cette association, dans l'espoir que bientôt on ne restera plus en doute sur le véritable auteur du projet.

Je vous prie, Monsieur, d'insérer ma réclamation dans votre prochain numéro   *J'ai l'honneur, etc.*

Je n'ai aucune relation avec les rédacteurs influens des journaux de la capitale, ces divers articles, d'un sens équivoque, ont dû d'autant plus m'étonner que l'impartialité de plusieurs d'entre eux, surtout lorsqu'il s'agit d'encourager les arts, semblait devoir m'offrir des garanties. Toutefois, je n'ai pas voulu entrer dans une arène où des mains inconnues lancent des traits dans l'ombre, M. Destouches aurait pu seul désavouer ces articles ; il ne l'a pas fait, je n'ai pas cru devoir y faire de réponse.

Je n'ai qu'un seul adversaire, c'est M. Destouches; il a publié officiellement un Mémoire, une Lettre, il les a signés; je vais parler à mon tour.

Avant d'entrer dans l'examen des questions principales, celles de savoir si mon plan m'appartient ou si je me suis emparé de celui de M. Destouches, je vais établir des faits et des principes incontestables, comme devant exercer une grande influence sur leur solution

1°. Dans les vues d'embellissement de la place Louis XVI, l'Administration municipale n'a pas voulu établir un concours régulier de projets, afin de ne pas être assujettie au choix qui en aurait été la suite nécessaire : plus d'un exemple justifiait cette mesure conservatrice de son droit ; mais pour en recueillir les avantages sous les rapports de l'art et de l'exécution sans s'exposer aux résultats de leurs inconvéniens, elle a nommé dix Architectes dans le nombre desquels je figure avec M. Destouches, et elle a attribué à chacun d'eux une somme de 1,500 fr., sous la condition que tous leurs plans et accessoires appartiendraient à la ville de Paris, et qu'elle pourrait en disposer ainsi qu'elle le jugerait à propos.

2°. L'Administration municipale, sans accorder la même faveur à d'autres Architectes, les a invités à tendre au même but, ils se sont présentés au nombre de vingt; leurs plans, réunis aux dix dont la propriété devait être acquise à la ville de Paris, ont tous été exposés aux louanges comme aux censures du public : mais l'Administration est encore restée parfaitement libre de ses dispositions ultérieures, dans le cas où l'un de ces projets aurait mérité une préférence.

3°. La Commission à laquelle l'examen de ces plans a été soumis n'était pas simplement composée de Membres du Conseil municipal, mais encore d'hommes distingués par leurs hautes fonctions et leur goût éclairé pour les arts ; toutefois, elle n'avait pas le pouvoir de statuer sur le choix de ces plans, et elle n'a jamais prétendu l'avoir ; personne n'ignore que cette décision appartient exclusivement à l'Administration municipale. Le Ministre de l'Intérieur a seul le droit de l'approuver, de la réformer, de la modifier.

La Commission intermédiaire n'a donc pu donner que des avis, et ces avis devaient tourner au profit de l'embellissement de la place Louis XVI, puisqu'ils ont été communiqués aux deux Architectes qui s'étaient rapprochés davantage des vues de l'Administration.

4°. Instruit des changemens proposés par la Commission, j'ai dû, ainsi que M. Destouches, m'y conformer dans les modèles en relief de nos projets : en effet, la lettre de M. le Préfet de la Seine, du 18 juillet 1829, et dont M. Destouches argumente dans ses seuls intérêts, dit expressément *« que les deux projets sont susceptibles de quelques modi-* » *fications. »*

Leurs auteurs ont donc dû les refondre, et ils n'ont pu d'ailleurs ignorer qu'ils les exécutaient séparément, et que leur mandat avait pour unique objet les embellissemens de la place consacrée à la mémoire du meilleur des Rois, et non les calculs intéressés des Artistes.

5°. Si j'ai profité des améliorations indiquées par la Commission, et si M. Destouches les a négligées pour ne pas sortir de la conception primitive de son projet, il en résulte que si le mien offre dans son ensemble tout ce que désiraient M. le Préfet, la Commission et le Conseil municipal, ce projet a dû obtenir une juste préférence sur celui de M. Destouches.

6°. Les deux projets exécutés en relief ont pu encore être examinés publiquement chez les Architectes, du moins le mien, puisque les plus hauts fonctionnaires de Paris, beaucoup d'autres personnes distinguées, et même des amis de M. Destouches, l'ont vu dans mon cabinet pendant un assez long espace de temps; il a été ensuite placé dans la salle du Conseil municipal en regard de celui de M. Destouches; enfin le Conseil municipal, entièrement éclairé par les avis de la Commission et ses connaissances personnelles, a pu émettre son vœu sur le choix de l'un de ces deux projets sans le secours d'une nouvelle exposition publique, surtout si, comme on l'annonce, ce vœu a été unanime.

7°. Ce sont des erreurs ou, pour mieux dire, des hérésies en matière administrative que de vouloir imposer au premier magistrat de la ville de Paris l'obligation expresse de se soumettre à l'autorité des hommes de l'art, que de prétendre l'enchaîner à leurs opinions, ce qui les constituerait par le fait juges de la question; cette ressource d'ailleurs serait illusoire en elle-même, puisque le sentiment d'une injustice et celui d'un appel à d'autres artistes ne se trouveraient pas éteints dans les émules écartés. Enfin il est impossible de considérer comme un mépris de la chose jugée un choix resté intact au milieu d'avis qui ne constituent pas un droit, et de signaler comme une violation des règles les plus ordinaires d'un concours une décision aussi juste que légale, prise par les Autorités compétentes précédemment éclairées par une Commission.

8°. D'après le programme distribué à tous les Architectes, les fossés et les voies publiques devaient être conservés; ces voies, qui aboutissent du Jardin des Tuileries aux Champs-Élysées, de la Madeleine au pont Louis XVI, préexistaient à tout projet; elles exigent que les Architectes suivent, pour les embellissemens à faire, une forme donnée. La division de la place en compartimens est forcée, il suit de là que tous les plans présentés ont eu une ressemblance générale, mais cette ressemblance se perd ensuite dans la combinaison des coupes, dans les élévations: c'est la simple similitude d'objets dont les rapports et les détails diffèrent entre eux.

C'est ainsi que le monument de la Bourse et celui de la Madeleine, dont le plan paraît le même par les colonnes qui entourent les deux édifices, offrent deux aspects distincts; le même programme établit l'élévation de quatre fontaines symétriquement opposées; il dit encore que l'aire de la place sera divisée en chaussées régulières pour la circulation des piétons; il ajoute que cet arrangement de la place est subordonné, quant aux pentes et aux écoulemens d'eaux, au nivellement qui sera fourni par les ingénieurs du pavé de Paris.

9°. Enfin, le programme invite les Architectes à se pénétrer de cette pensée dominante que les embellissemens de la place Louis XVI doivent principalement se coordonner d'une part avec le monument du centre, et de l'autre avec les promenades et les voies publiques dont elles font partie.

10°. M. Destouches ne peut donc prétendre que les voies publiques, les compartimens qui en sont la conséquence, les trottoirs, les fossés conservés appartiennent à son seul projet. Je viens de prouver que ces divisions se trouvent nécessairement dans tous, puisqu'elles avaient été ordonnées. Quant aux autres objets qui doivent entrer dans l'exécution du plan, ils consistent dans la composition des fontaines, dans celle des accessoires; en un mot, dans l'harmonie de tous les embellissemens de la place avec le monument principal du centre, et il suffit de comparer le plan de M. Destouches avec le mien pour reconnaître qu'il n'y a aucune identité dans leurs détails.

Enfin, il y a une chose que M. Destouches semble toujours oublier, mais qui n'en est pas moins un fait avéré, c'est que la ville de Paris n'a

2.

pris d'engagement envers personne; qu'elle a commandé des plans à dix Architectes moyennant une indemnité de 1,500 fr., et que par conséquent elle était libre de prendre le parti qui lui conviendrait, sans commettre aucune injustice. M. Destouches a le droit, comme ses neuf concurrens, de recevoir le prix de son travail.

Ces faits jettent déjà le plus grand jour sur mon droit de propriété; je vais néanmoins le soumettre à une discussion spéciale.

Je pourrais d'abord tirer quelques argumens des insinuations glissées dans la *Gazette des Écoles*, dans le *Temps*, le *Drapeau blanc*, etc., puisqu'elles tendent à soulever l'opinion publique contre moi et à l'égarer; mais je veux m'en interdire l'usage. Je crois que M. Destouches est étranger à ces manœuvres, et qu'il en repousserait jusqu'au soupçon comme une injure faite à son caractère. Je m'attacherai donc seulement au Mémoire qu'il a adressé le 1er avril à M. le Préfet et au Conseil municipal, et à la Lettre insérée dans *l'Universel*, le 5 du même mois.

Dans ce mémoire, il dit, comme on l'a déjà vu, que j'ai imité dans mon modèle presque toutes les idées principales du sien, *et il affirme que deux Architectes ne peuvent s'entendre sur la direction des mêmes travaux sans une intime combinaison de leurs idées; ce qui ne peut avoir lieu, puisque* (d'après son assertion) *je n'ai pas craint d'emprunter de son projet ce qui convenait au mien.*

Dans sa lettre du 5 avril, M. Destouches continue toujours à soutenir que la Commission d'examen a adopté son projet, dont le mien n'est qu'une imitation; cependant il fait déclarer par M. le Préfet et le Conseil municipal qu'ayant cru reconnaître dans mon projet le concours de nos idées, ils ont jugé convenable de nous charger conjointement de l'exécution des travaux, ce qui est doublement inexact; mais qu'il se résignera, s'il le faut, à une association, *dans l'espoir que bientôt on ne restera plus en doute sur le véritable auteur du projet.*

Ces propositions se combattent et se détruisent d'elles-mêmes : en effet, dans l'une, M. Destouches avance que j'ai imité ses idées principales, et il s'oppose à toute espèce d'association ; dans l'autre, il laisse entrevoir que ces emprunts ne sont plus qu'un concours d'idées communes et il consent à l'association.

Je pourrais borner ma défense à ces contradictions, qui font si bien ressortir l'injustice de l'attaque de M. Destouches ; mais je me dois à moi-même d'entrer plus avant dans l'accusation des prétendus emprunts que j'ai faits à son projet.

Il les réduit lui-même à quatre :

La suppression des fossés du côté du pont et du Garde-Meubles ;

La disposition des terre-pleins entourés de trottoirs ;

Le placement des fontaines dans les axes du Garde-Meubles, des Champs-Élysées et des Tuileries *o* ;

L'allée entre les Champs-Élysées et les fossés.

Sur le premier objet, la suppression ou la conservation des fossés avait été abandonnée aux combinaisons des Architectes, et cette double idée leur appartenait indistinctement sans aucun privilége pour M. Destouches. Dans mon premier projet, les balustrades des fossés étaient conservées ; elles en indiquaient les anciennes formes, sauf les pans coupés, dont le sacrifice était reconnu nécessaire. Dans mon projet en relief, l'extrémité de ces fossés n'a subi aucun changement, et si M. Destouches en avait donné la coupe dans son plan gravé, les yeux en auraient aussitôt aperçu la preuve ; mais cette omission de M. Destouches ne détruit pas le fait, dont la vérité est encore attestée par la ligne des quatre groupes de chevaux, qui est restée la même, comme on peut le voir dans mon premier projet non reproduit par M. Destouches, qui s'est borné à lithographier le second.

Sur le second objet, les terre-pleins étaient évidemment commandés par la disposition générale de la place, je les avais combinés dans le sens d'une double circulation pour les voitures; ils étaient, à la vérité, moins étendus, mais leur élargissement étant entré dans les vues de la Commission, et étant indiqué dans la lettre de M. le Préfet du 18 juillet 1829, il était de mon devoir de me soumettre à cette modification : M. Destouches a fait plus, il propose des modifications non demandées, en indiquant, par des pièces de rechange, le comblement des extrémités des fossés du côté des Tuileries, etc., etc.

Sur le troisième objet, j'en fais l'aveu sincère, j'ai changé, dans mon plan en relief, l'axe des fontaines indiqué autrement dans mon premier projet; mais cette idée-mère n'appartient pas plus à M. Destouches qu'à moi; il sait très bien qu'elle est due à une personne également distinguée par son instruction comme par son goût, le croquis en avait été communiqué à plusieurs Architectes. Un sentiment de convenance d'une part, et de l'autre de modestie, a empêché que le nom de l'auteur de cette idée figurât sur le programme; mais M. Destouches en a profité. MM. Gilbert, Gauthier, Duquesnay et d'autres s'en sont emparés dans leurs modèles. J'ai pu, j'ai même dû faire comme eux; en cela, je me suis encore conformé au vœu de la Commission : ainsi, au lieu de nous accuser mutuellement d'emprunt, nous devrions nous épargner l'un à l'autre un reproche qui nous serait commun, s'il n'était pas plus naturel de remercier le véritable auteur de cette heureuse idée.

Sur le quatrième objet, M. le comte de Laborde, dans son système d'embellissement des Champs-Élysées, avait indiqué une allée de ceinture pour offrir une circulation entière autour de ces magnifiques promenades; une partie de ce plan, très bon en lui-même, est déjà exécutée; et j'y suis entré en indiquant une nouvelle plantation, qui devait réunir l'allée du Cours-la-Reine avec celle de l'Élysée-Bourbon; mais ces arrangemens n'offrent aucune ressemblance avec ceux de M. Destouches, dont le projet se borne à la création d'une allée droite.

M. Destouches est d'autant moins fondé dans les reproches qu'il m'adresse, que, tout en m'accusant d'avoir modifié mon plan, il avoue lui-même que son propre plan a besoin de modifications : ainsi, il compte changer tout-ce qui est relatif aux fossés des Tuileries; et dans une note au bas de la page 8 de son Mémoire, il déclare que « *les marches* » *mises à son projet pour niveler le sol de la place du côté du pont,* » *ayant paru un obstacle à la circulation, il se propose d'étudier cette* » *partie de son projet par des pentes, afin de supprimer ces marches,* » *en disposant les fontaines, comme il l'a fait, sur un même niveau.* »

Il propose en outre de changer ses corps-de-garde.

Enfin, il proclame que son projet, rectifié par la suppression de quelques décorations qui, selon lui, sont indépendantes de la disposition générale, offrira des avantages réels sur le mien, sous le double rapport de la convenance et de l'économie, *quand bien même les idées de mon projet m'appartiendraient.*

Je m'arrête pour le moment à cette faculté de modifications qu'il veut bien nous rendre commune et qui détruit tout prétexte de reproche sur ce point; je reviendrai, dans un moment, sur sa proposition secondaire de convenance et d'économie, et je prouverai que ni l'une ni l'autre ne peuvent avoir lieu.

Je reprends l'examen de la question principale.

J'offre à M. Destouches une contradiction à expliquer, la voici : Comment se fait-il que mon projet, qu'il prétend enrichi de ses idées principales, devienne tout à coup pour lui, et comme on va le voir, un sujet de censure si violente dans toutes ses parties ? C'est sans doute parce que la position dans laquelle il s'était placé comme créateur n'était plus tenable, qu'il s'est réfugié dans la critique de mon projet, en oubliant que, dans son système, il était l'imitation du sien. Mais j'ai toujours dit, comme je le répète encore, mon projet n'appartient qu'à moi seul; et je vais le justifier.

Observation de M. Destouches.

N°. I.

Dans le projet de M. Lusson, la circulation est interrompue du côté des Champs-Élysées; les trottoirs qui entourent les terre-pleins aboutissent contre les balustrades des fossés *aaaa*, Pl. Ire., *fig.* 2 : de sorte que le public, pour communiquer de la place à toutes les avenues, serait obligé de se détourner sur des trottoirs rétrécis *bb*, placés entre les piédestaux des chevaux de Marly, et *cc* aux extrémités des fossés du côté du pont et du Garde-Meubles.

Réponse.

La circulation n'est point interrompue pour les piétons à l'entrée des Champs-Elysées, je leur réserve deux trottoirs, chacun de 18 pieds de large, il y aura de plus d'autres trottoirs pour les personnes qui viendront de la rue de Rivoli et du quai; ce passage est donc plus que suffisant, puisque, dans l'état actuel des choses, il offre déjà des débouchés faciles.

Observation de M. Destouches.

N°. II.

Dans mon projet, Pl. II, *fig.* 1re., j'ai proposé de combler les extrémités de ces fossés *a a*, pour établir des communications directes entre les trottoirs de la place et les avenues des Champs-Élysées, et ne plus exposer les passans à être inquiétés par les voitures. Cette pensée est celle qui fut la plus accueillie de mes confrères.

J'ai fait voir, par les pièces de rechange de mon modèle, qu'il en résulterait le même avantage du côté des Tuileries, si l'on voulait consentir à laisser prolonger les trottoirs jusqu'au mur de la Terrasse.

Réponse.

Dans mon projet, les passans ne peuvent être inquiétés par les voitures, ils sont protégés par des trottoirs élevés; les nouvelles communications ouvertes par M. Destouches, inutiles en elles-mêmes, offriraient seulement une irrégularité de plus, des communications égales, ne pouvant avoir lieu de l'autre côté sans déranger l'ensemble de son projet et sans occasioner de nouvelles dépenses. M. Destouches tombe dans d'autres fautes non moins graves; il comble non seulement les extrémités des fossés des Tuileries qui doivent être maintenus, mais il forme des impasses où s'accumuleraient nécessairement des dépôts d'ordures, et où le public, surtout pendant la nuit, se trouverait engagé, puisqu'ils aboutissent sur la balustrade ou sur le mur de soutènement de la Terrasse; ces inconvéniens et ces dangers ne se rencontrent pas dans mon projet, les passans trouvent d'autres trottoirs qui conduisent au débouché de la place.

OBSERVATION DE M. DESTOUCHES.

N°. III.

Il est évident que le comblement des parties des fossés *a a*, Pl. 2, *fig.* 2, coûterait moins que le prolongement des fossés de M. Lusson *d d*, Pl. 1re., *fig.* 2, jusqu'à la chaussée du Garde-Meubles d'un côté, et jusqu'à celle du pont de l'autre côté, prolongement qu'il ne semble construire que pour intercepter les communications.

RÉPONSE.

Le prolongement des fossés est indispensable, et il coûtera moins que leur comblement; ce que je propose est formellement demandé par le programme, et signalé par la Commission. Il ne peut interrompre les communications, puisque le mur de soutènement de la Terrasse les rend déjà impossibles : la Couronne veut d'ailleurs conserver ce mur.

OBSERVATION. DE M. DESTOUCHES.

N°. IV.

Dans son projet, la disposition des vingt piédestaux *c c*..., qu'il établit le long des fossés, ne se combinant pas avec les divisions des balustrades existantes, nécessiterait la reconstruction complète de ces balustrades; tandis que, dans le mien, j'en conserve la plus grande partie : de là résulterait une grande économie.

RÉPONSE.

Les piédestaux se combinent très bien avec la balustrade, qui sera effectivement reconstruite à neuf : on ne peut faire autrement; mais je me sers de matériaux susceptibles d'être réemployés. Cette dépense est comprise dans le devis, tandis que M. Destouches, qui avoue la nécessité de reconstruire une partie de la balustrade, serait assujetti, comme moi, à une démolition pour obtenir ses nouvelles pentes; il n'y aurait donc pas d'économie comme il le prétend.

OBSERVATION DE M. DESTOUCHES.

N°. V.

Quant aux douze piédestaux *ff...* et balustrades placés à l'entrée des trottoirs, Pl. Ire., *fig.* 2, ils obstruent le passage, et ne s'arrangent pas avec la disposition du Garde-Meubles.

RÉPONSE.

Ils s'unissent au contraire avec tout ce qui les environne : en effet, cet arrangement continue la décoration de rue de Rivoli; il marie l'architecture du Garde-Meubles avec la terrasse des Tuileries, le pont et les piédestaux déjà existans; en un mot, il ne fait de la place, du Palais, du Jardin des Tuileries, des Champs-Élysées, qu'un seul ensemble, et c'était le problème à résoudre. L'harmonie qui se trouve ainsi entre toutes les parties de la place et les monumens environnans ne peut obstruer le passage; car j'ai ménagé seize entrées, qui laissent environ trois cents pieds de circulation, sans compter les espaces réservés aux voitures.

Observation de M. Destouches.

N°. VI.

La Commission avait demandé de combler jusqu'à une certaine hauteur les fossés du côté des Champs-Élysées : c'est sans doute pour la symétrie de son projet, que M. Lusson a comblé également celui des Tuileries; en cela, il a détruit l'intention de la loi, qui est de maintenir une limite entre la propriété du Roi et celle de la Ville.

Réponse.

M. Destouches prétend que je veux combler les fossés des Tuileries, cela n'est point exact. J'en diminue seulement la profondeur; il sait bien au surplus que M. le Baron Mounier avait fait observer à la Commission que la Couronne ne permettrait pas qu'on touchât à la Terrasse, mais qu'elle ne verrait peut-être pas de difficulté à ce qu'on diminuât la profondeur des fossés. Je me suis conformé à ce vœu. Comment se fait-il que M. Destouches dénature ainsi mon projet pour m'opposer une loi qu'il transgresse lui-même, en proposant à son tour de combler les fossés, et encore, après s'être permis d'altérer la forme du monument de Louis XVI, en le rendant octogone au mépris du modèle carré qui avait été prescrit, et sur lequel tous les plans devaient être coordonnés?

Observation de M. Destouches.

N°. VII.

Pour éviter que les seize carrés de gazon placés par M. Lusson sur les terre-pleins de son projet *g g*, Pl. 1re., *fig.* 2, ne fussent détruits par les piétons, il faudrait des entourages, qui nuiraient à la circulation publique; l'expérience a prouvé d'ailleurs que le gazon ne viendrait pas bien.

3.

RÉPONSE.

Il n'est pas démontré que le gazon arrosé par l'eau des fontaines ne viendrait pas bien ; M. Destouches parle d'ailleurs d'entourages qui nuiraient à la circulation publique, je ne les ai pas indiqués ; mais le Conseil municipal ayant décidé que le gazon serait remplacé par des parties sablées, j'ai dû adopter ce changement, qui est sans aucun inconvénient pour mes dispositions.

OBSERVATION DE M. DESTOUCHES.

N°. VIII.

Dans mon projet, les marches qui bordent les trottoirs du côté du pont m'ont paru indispensables pour rétablir le manque de niveau, qui est considérable dans cette partie de la place ; M. Lusson ne s'étant pas sans doute rendu compte de ce besoin, non plus que des pentes nécessaires à l'écoulement des eaux, il résulterait de l'exécution de son projet que ses fontaines du côté du pont seraient placées sur des plans inclinés et à des hauteurs différentes ; les compartimens de ses trottoirs demandent une étude mieux raisonnée, surtout dans la partie centrale de la place *h h h h*, Pl. 1re., *fig.* 2 ; ils sont en outre si multipliés, qu'on ne peut douter qu'ils coûteraient plus que les miens.

RÉPONSE.

Ces reproches ne sont pas fondés : les cinq ou six marches qui bordent les trottoirs de M. Destouches sont dangereuses, les jours de fête surtout : alors la foule agglomérée ne peut juger ni de leur nombre ni de leur hauteur, et il en peut résulter des chutes et des accidens graves : j'ai acquis d'ailleurs la conviction que ces marches obligeraient à élever le sol des fontaines plus qu'il ne doit l'être. Je l'ai prouvé par la combinaison de mes pentes ; elles ont été non seulement étudiées par moi, mais vérifiées par un ingénieur ; et je puis assurer que l'œil

le plus exercé ne pourra apercevoir aucune inégalité dans la place.
M. Destouches ne met point de trottoirs dans les parties les plus fréquentées des piétons, par exemple le long des balustrades, et s'il voulait revenir sur cette méprise, il ne le pourrait pas sans augmenter la
dimension de ses trottoirs déjà trop larges; leur nombre doublerait alors
celui des miens : mes trottoirs sont tous nécessaires et peu nombreux;
je les ai placés dans le double motif de les rendre utiles et convenables
à la décoration de la place. En effet, ils encadrent les fontaines, ils en
occupent les axes et se présentent dans la direction de chaque pié-
destal; ils sont tous motivés et d'une largeur proportionnée, mais j'ai
eu soin, pour procéder avec économie, de ne faire en dallage que les
parties qui seront le plus fréquentées du public; les autres parties de
trottoirs (d'ornement, si l'on peut les appeler ainsi) sont bordées de
dalles et composées de pavés réguliers dont le prix est beaucoup
moindre que celui du dallage: de cette manière, j'ai des parties en dalles,
d'autres en pavé et d'autres enfin en sable, de sorte que le public mar-
chera sur la partie qui lui conviendra le mieux.

OBSERVATION DE M. DESTOUCHES.

N°. IX.

Lorsque l'Administration ordonne un modèle, ce modèle doit être
établi pour rendre compte de l'exécution : ce n'est point avec des bois
de rose, d'ébène, etc., qu'on peut juger les matériaux qui seraient em-
ployés à la construction des trottoirs et des autres décorations de la
place, il fallait les imiter avec les couleurs qui peuvent les représenter,
autrement c'est se tromper soi-même; j'ai tracé sur mon épure l'appa-
reil que j'ai proposé pour les compartimens de mes trottoirs; dont les
bordures seraient en granit, les bandes en Château-Landon, et les
remplissages en bandes et en carreaux de Volvic, qui seraient de deux
dimensions seulement, pour que l'établissement et les réparations pussent s'en faire facilement.

RÉPONSE.

M. Destouches critique la manière dont mon modèle a été exécuté, sans doute parce qu'il est fait, avec économie, et tout simplement par mon menuisier; tandis que le sien l'a été par un artiste qui se fera payer un prix proportionné aux talens qu'il se donne. Mon habitude n'étant pas de faire des dépenses inutiles, j'ai cru devoir faire un modèle le plus économiquement possible, aussi n'ai-je pas détaillé tout ce qui était étranger à la place, comme l'a fait M. Destouches dans l'intérieur du Garde-Meubles et hôtels contigus de son modèle en relief, où la peinture et les métaux n'ont point été épargnés; je n'ai pas cru devoir orner mon plan de la représentation des rosiers et des fleurs des Tuileries, qui peut-être sont imités avec art, mais qui, en coûtant beaucoup de frais, n'ont pour but que de séduire.

OBSERVATION DE M. DESTOUCHES.

Nᵒ. X.

Enfin, dans le projet de M. Lusson, les corps-de-garde, séparés de la place par les fossés, ne rempliraient point les conditions qu'exige la sûreté publique, j'ai proposé de les établir sous les pans coupés de la terrasse des Tuileries, dans l'emplacement des escaliers existans, qu'on pourrait reporter à l'extrémité des trottoirs, si l'on adoptait leur prolongement jusqu'au mur des Tuileries.

RÉPONSE.

La position de mes corps-de-garde a pour but de protéger les Champs-Elysées, la place, et d'empêcher des dépôts d'immondices le long des Champs-Élysées. M. Destouches veut construire ses corps-de-garde dans l'emplacement des escaliers de la terrasse des Tuileries, ce qui ne pourrait avoir lieu sans combler entièrement une partie des fossés, contre l'esprit de la loi qui s'y oppose, et qu'il veut néanmoins faire valoir contre moi : du reste M. Destouches, qui se prête à tout par des modifications conditionnelles, les avait d'abord introduites dans les piédestaux des trophées du quai ; ces sortes de conceptions ne doivent pas trouver beaucoup d'imitateurs. Je ne parlerai de celles qui leur ressemblent que très rapidement ; M. Destouches démolit les piédestaux du pont qui tiennent au quai, et il les reconstruit un peu plus loin ; il enlève les deux lions, fait d'autres piédestaux que ceux dont la Couronne a décoré la terrasse des Tuileries ; enfin il n'a aucun respect pour tout ce qui a été fait avant lui. Quant à moi, j'ai conservé tous les ouvrages d'embellissemens déjà exécutés, et je les ai coordonnés avec le monument principal de la place, pour répondre aux vues de M. le Préfet, de la Commission et du Conseil municipal.

Actuellement je dois revenir aux propositions faites par M. Destouches aux Membres de l'Administration municipale, il est bon d'en renouveler les termes, quoique déjà connus.

« Vous reconnaîtrez, Messieurs, qu'en modifiant mon projet par la
» suppression de quelques décorations qui sont indépendantes de la
» disposition générale, il offrirait des avantages réels sur celui de
» M. Lusson sous le double rapport de la *convenance* et de l'*économie* ;
» *quand bien même les idées premières du sien lui appartiendraient* ; et
» vous trouverez sans doute convenable dans *l'intérêt de la justice*,
» comme dans celui de l'*art*, que M. Lusson soit chargé seulement de
» l'exécution de ses fontaines, et moi de la disposition générale de la
» place ainsi que l'avait proposé la première Commission. »

On voit que M. Destouches retombe dans les mêmes erreurs et les mêmes contradictions, ma réponse ne sera pas longue.

J'ai d'abord voulu comprendre ce premier mot *convenance*, et je l'ai médité dans sa double acception, celle de l'*observation des bienséances sociales*, et celle de l'*accord des parties en termes de l'art*. Il ne m'est pas permis, je crois, de fixer le sens de ce mot *convenance* sous son premier point de vue, je ne dois pas être juge dans ma propre cause : je n'ai jamais eu aucun tort envers M. Desfouches; le succès que j'ai obtenu ne peut atteindre sa réputation; cependant, je reste encore étonné d'avoir été l'objet d'une attaque aussi peu mesurée de sa part; dans l'incertitude que font naître en moi les divers sentimens qui m'agitent, je ne peux rien faire de mieux que de le prier de descendre dans sa conscience, elle lui dira s'il a conservé pour moi les égards qui m'étaient dus. A l'égard de la *convenance,* qui, sous le second point de vue du sens de ce mot, *exprime le rapport des parties,* M. Destouches, sous le voile de l'intérêt de l'art et du bien public, que je respecte autant que lui, remet en question une chose jugée. C'est une nouvelle lutte qu'il provoque, car il ne voudrait pas se réserver le droit exclusif de modifier son plan pour en obtenir des avantages jusqu'à présent inconnus, en me contestant ceux que j'ai réalisés d'après les avis de l'Administration; mais dix projets payés par la ville de Paris et dont elle peut disposer, mais vingt autres exposés également aux regards du public; mais les avis d'une Commission éclairée; mais le vœu du Conseil municipal ne laissent plus l'espérance de recueillir de nouvelles lumières, et il faut bien que M. Destouches s'accoutume à cette pensée, que des prétentions toujours renaissantes peuvent aussi bien se rattacher à l'amour-propre et à l'ambition, qu'à l'intérêt de l'art et à celui du bien public, ou qu'on peut du moins s'y méprendre.

Mes observations sur l'économie du nouveau projet de M. Destouches offriront moins de difficultés dans leur développement, elles vont se réduire à la conséquence des chiffres.

Je vais prouver que le projet de M. Destouches entraînerait la ville dans une dépense double du mien, qui cependant produit plus d'effet.

Devis présumé du projet de M. Destouches d'après les prix et évaluation portés au mien, savoir :

MAÇONNERIE ET TERRASSE.

Les démolitions des constructions et fossés à supprimer. . . . .   37,700 fr.

La reconstruction des fossés et la construction des parties nouvelles à faire, y compris la balustrade, la construction des dix nouveaux piédestaux portant les groupes de chevaux, la fondation des fontaines.   373,000

La construction des piédestaux des quatre trophées et des six figures du quai, y compris les balustrades, estimés.   60,000

Les trottoirs avec les mêmes prix que les miens, y compris pavés.   490,000

Les quatre fontaines.   731,700

SCULPTURE EN MARBRE.

Douze nouveaux groupes de chevaux à 60,000 fr. chaque, comme dans mon devis   720,000

Les quatre trophées à 100,000 fr. chaque, compris le marbre.   400,000

Les six nouvelles figures sur la ligne des trophées, à 25,000 fr., prix de celles du pont, valent.   150,000

TOTAL, non compris la dépense des trophées et figures du côté de la Chambre des Députés.   2,962,400

A cette somme il faut ajouter les trophées et figures placés sur le quai de la Chambre des Députés, pour compléter le projet.   610,000

TOTAL GÉNÉRAL.   3,572,400

TOTAL DE MON DEVIS.   1,843,520

EXCÉDANT.   1,728,880

Nota. En supposant que le Gouvernement dût se charger des frais de trophées et figures, et en admettant des diminutions dans les autres articles, ce qui est plus que douteux, il y aurait toujours un excédant de dépense considérable.

4

RÉSUMÉ.

La ville de Paris n'a pas établi de concours régulier pour l'embellissement de la place Louis XVI, afin de n'en pas subir toutes les conséquences.

Pour rester libre dans ses dispositions ultérieures, et surtout pour ne pas dépasser les limites des dépenses, l'Administration municipale a désigné dix architectes pour lui présenter des projets, et elle leur a attribué à chacun 1,500 fr. d'indemnité pour le prix de leurs travaux, sans contracter aucun autre engagement.

Elle a ouvert la même carrière à d'autres Artistes, pour n'exclure aucun talent et mettre à exécution le projet qui lui conviendrait le mieux.

Une Commission intermédiaire a été formée, elle n'a pu se constituer en tribunal, et elle n'en a pas eu l'idée, elle a simplement donné des avis tendans à recomposer de nouveaux projets, puisqu'elle indiquait des modifications, afin de mettre l'Autorité compétente dans le cas de juger si ces modifications avaient atteint son but.

Deux plans en relief ont été faits, l'un par moi, l'autre par M. Destouches, nous ne l'avons ignoré ni l'un ni l'autre.

M. Destouches n'a fait alors aucune réclamation; je n'ai pas été arrêté par la crainte de compromettre mon amour-propre en modifiant mon projet, et j'y ai fait les changemens que la Commission et M. le Préfet avaient signalés.

M. Destouches a cru devoir persister dans la composition de son projet; seulement, il s'est permis des modifications qui n'étaient point demandées, en comblant les extrémités des fossés de la terrasse des Tuileries, et il n'a pas fait ceux qui lui étaient indiqués, notamment la conservation de la forme du monument du centre, l'élargissement de la voie qui conduit de la rue Royale au pont Louis XVI, etc., etc.

Je n'ai rien emprunté à M. Destouches, la comparaison de nos projets suffit pour établir cette vérité, et M. Destouches a pris soin lui-même de dissiper toute espèce de doute sur ce point en critiquant toutes les parties de mon projet, que, par une contradiction étrange, il présente, quand il lui plaît, comme l'imitation du sien.

En examinant le projet nouveau que propose M. Destouches, il est inexécutable, surtout d'après les modifications tardives qu'il voudrait soumettre à l'Administration et qui ne l'améliorent pas : en effet, il entraîne des combinaisons entièrement opposées aux vues de la Commission et de l'Administration municipale.

Le projet de M. Destouches, dans son état actuel, exigerait une dépense de plus de trois millions, sans y comprendre celle des changemens du monument de Louis XVI, qui en nécessiterait une plus grande par suite des changemens qu'il voudrait lui faire subir.

Mon projet, dont les devis sont faits et soumis à l'Autorité compétente, ne donne lieu qu'à une dépense de 1,845,000 fr., et l'ensemble cependant offre plus d'embellissemens et d'accord que celui de M. Destouches.

Il ne reste plus qu'une difficulté entre moi et M. Destouches, c'est celle de l'exécution des travaux : M. Destouches l'a tranchée lui-même dans son Mémoire, en disant que ce concours dans l'exécution doit être le résultat d'une intime combinaison d'idées, et qu'il n'en peut être ainsi, puisqu'il croit devoir se plaindre de ma conduite envers lui, n'ayant pas craint d'emprunter à son projet ce qui me convenait. Je partage l'opinion de M. Destouches seulement sur l'obstacle qui s'oppose à l'intime combinaison de nos idées; car il est hors de son pouvoir de contester les droits qui me sont si justement acquis ; mais un intérêt bien au dessus de la persévérance de M. Destouches doit encore animer l'Administration qui nous a jugés, celui de n'apporter aucun retard dans l'exécution complète d'un monument attendu par toute la France.

Je suis avec un profond respect,

Messieurs,

Votre très humble
et très obéissant serviteur,

LUSSON.

Paris, ce 22 avril.

PARIS. — IMPRIMERIE DE Mme. HUZARD (née VALLAT LA CHAPELLE),
Rue de l'Éperon-Saint-André-des-Arts, n°. 7. (Avril 1830.)

9 782014 452945